W0272229

Sylvie de Mathuisieulx

L'Éden, en mieux !

Mystère à Écolo-village

oskar
éditeur

Chapitre 1

Un événement inattendu

— On ne dit pas : « Nils, tu es dans la lune ! », on dit : « Tu rêves, Herbert ! »... T'as compris ? « Ré-ver-bère » !

— Hummm...

— Il est vraiment très bien, celui-ci, non ?

— Hu-hummm...

— Je vais le noter dans mon petit carnet spécial. Est-ce que je t'ai déjà dit que j'avais commencé à écrire mon *best of* des...

— Oh, Greg, je t'en prie, arrête : tu saoules, et honnêtement, tes jeux de mots à la noix, ils ne méritent certainement pas d'être immortalisés dans un livre d'or !

Le garçon brun s'était redressé, l'œil farouche. Particulièrement chatouilleux sur ce point précis, il n'entendait pas se laisser critiquer sans réagir.

— Monsieur Nils Svensson, rétorqua-t-il donc, tu dis ça uniquement parce que tu es un vilain jaloux : tu es tout à fait incapable d'en inventer, des comme ça, voilà la vérité !

— N'importe quoi. Le plus idiot des abrutis peut faire aussi bien, parce que, franchement, tes mauvais calembours, on...

— Eh bien vas-y, alors ! Vas-y ! Montre-moi ce que tu sais faire ! J'attends ! J'attends et je rigole ! Ha, ha, ha ! Je m'esclaffe ! Je me bidonne ! Je me gausse !

— Euh... ben... euh... on ne dit pas... on ne dit pas...

— Dites, les garçons, intervint soudain Colombe, qui jusqu'ici était restée silencieuse, vous avez vu ce qui vient de passer, là-bas ? J'aurais juré un camion de déménagement ! On attend des nouveaux ? Vous êtes au courant de quelque chose ?

C'était le premier jour des grandes vacances, amis lecteurs, et il faisait beau. Les trois enfants étaient assis sur un banc de la place, à l'ombre des châtaigniers. Ils dégustaient des cornets de glace aux framboises et feuilles de menthe.

Nils, Colombe et Greg avaient du mal à réaliser que cela ne faisait même pas un an qu'ils étaient arrivés, avec leur famille, pour s'installer au village, entouré de douces collines, en bordure d'un parc naturel et à plus d'une heure de route de la première agglomération d'une taille un peu conséquente... Ils avaient parfois l'impression d'avoir toujours vécu là.

Grain de sel de Colombe : Enfin, faut pas exagérer non plus, hein. Moi j'aimais beaucoup habiter en ville, malgré le bruit et la pollution. Parce que j'adore les grands boulevards, les cinés, les musées, le monde partout ! Attention, on est plutôt bien ici, je n'ai jamais dit le contraire : on se croirait en vacances à la campagne dès qu'on sort de l'école... Tout ça parce que nos parents accomplissent leur rêve de verdure, spécial développement durable ! En fait, on peut résumer la chose comme ceci : ils ont décidé de vivre une existence absolument écologique, sans empreinte carbone et tout à fait biodégradable, tous ensemble, dans la joie et la bonne humeur !

Grain de sel de Nils : Oui, parfaitement, et ce n'est pas la peine d'être ironique, parce que l'idée est super géniale, et même que c'est mon père, Viggo, qui a « inventé » notre village. Il est architecte ! Et c'est le maire, aujourd'hui ! (Trop marrant, non ? Mon père est maire ! Mais bon, je ne vais pas commencer à faire moi aussi des jeux de mots bidon.) Si on reprenait maintenant ce récit au moment où on était, tranquillou, à se régaler de glace sur notre banc, avec Colombe qui a vu passer un camion de déménagement ?

La petite avait sauté sur ses pieds.

— Je dois en avoir le cœur net.

Elle avait attrapé sa trottinette pour filer à la poursuite du véhicule. Grégoire, qui n'avait pas bougé d'un poil, avait alors soufflé :

— Qu'est-ce qu'elle a à s'agiter comme ça ? C'est incroyable ce que ça peut être curieux, les filles. Faut toujours que ça mette son nez partout, t'avais remarqué ça, mec ?

— Ben, en fait, je suis assez impatient de découvrir ce qui se passe, moi aussi ! répliqua le petit blond. D'ailleurs, là, excuse-moi, mais je vais rattraper Colombe.

Et zou ! Après avoir prestement récupéré son skateboard, qu'il avait glissé sous le banc, Nils disparut de la place, avant même que son copain ait eu le temps de faire le moindre commentaire.

Grégoire se retrouva tout seul. Il fronça le nez. Bien sûr, lui aussi était curieux. Hélas, il n'avait aucun accessoire à roues ou à roulettes qui lui aurait permis de se lancer à la poursuite des autres. D'ailleurs, même si la chose avait été possible, il aurait hésité : il détestait donner l'impression de n'être qu'un « suiveur ».

Il prit donc, en traînant un peu les pieds, le chemin qui le ramènerait chez lui. Soudain, le tintement de la sonnette d'un vélo retentit. C'était Mme Forestier, qui arrivait en face. Elle s'arrêta, dans un grand crissement de freins, à seulement quelques centimètres de son élève.

— Grégoire Winter ! Sais-tu que les piétons sont supposés marcher sur les trottoirs ? Tu aurais pu provoquer un accident ! gronda-t-elle, les poings sur les hanches.

Il ne répondit pas, mais demanda à la jeune femme :

— Dites, vous savez si on attend des nouveaux, au village ?

— Oui, bien sûr !

— Hein ? Qui ? Quand ? Comment ? Et pourquoi qu'on ne nous dit jamais rien, à nous, les enfants ?

— Eh bien, il se trouve que je vais louer le rez-de-chaussée de ma maison. Ma sœur et son mari devaient s'y installer, mais ils ont changé d'avis... Euh, dis donc, pourquoi est-ce que tu me demandes ça ?

— Ben, parce que tout à l'heure, Colombe a vu passer un camion de déména...

La maîtresse ouvrit des yeux affolés.

— Oh, nom de Zeus ! Mais ils ne devaient arriver que demain soir !!!

Et, remontant à toute vitesse en selle, elle s'éloigna, cheveux au vent, lançant par-dessus son épaule :

— À bientôt, Greg ! N'oublie pas de revoir tes tables de multiplication !

Pour le coup, le jeune garçon abandonna tous ses principes : il se mit à courir dans le sillage de la bicyclette. Au bout de quelques minutes, il fut en vue de la maison de la maîtresse. Un gros camion était effectivement garé juste devant. Un couple à l'air très âgé, assis sur le muret jouxtant le portail, devisait avec Claire Forestier qui venait d'arriver.

Tout en reprenant son souffle, Grégoire regarda autour de lui. Il vit Colombe et Nils, immobiles à l'angle de la rue des Peupliers, mais aussi d'autres habitants du village convergeant tous vers le même endroit.

Cette vision lui rappela une illustration qui l'avait toujours fasciné : elle accompagnait le texte intitulé *Le Joueur de flûte de Hamelin*, dans l'un de ses livres de contes.

Le jeune garçon ne put réprimer un frisson, malgré la température clémente.

Chapitre 2

M. et Mme Matoix s'installent

Le dimanche suivant, les nouveaux venus furent officiellement accueillis par tout le village. On avait organisé, en leur honneur, un goûter géant sur la place des Châtaigniers. Au programme : stand de tir à l'arc, course en sac, pétanque, macarons « flocons d'avoine / raisins secs », tartes aux fruits du verger et pommes d'amour sans colorant à gogo.

M. Ernest Matoix, après s'être couvert de gloire en plantant successivement presque une dizaine de flèches en plein cœur de la cible en paille, s'approcha de Viggo.

— Je vous offre un coup à boire, monsieur le Maire ? J'ai rapporté une petite bouteille d'un excellent...

— Avec plaisir ! Venez donc bavarder un moment. Installons-nous à cette table... Claire Forestier m'a expliqué que vous viviez ici, autrefois ?

Le vieil homme s'assit souplement sur la chaise la plus proche.

— C'est vrai, nous ne sommes partis qu'il y a cinq ans... le hameau s'était petit à petit vidé de tous ses habitants. C'est bien simple, après la mort de la Marinette, nous étions les derniers spécimens humais vivants à des kilomètres à la ronde ! C'était un peu triste... Et puis nous étions trop isolés : qu'aurions-nous fait si quelque chose était arrivé à l'un de nous deux ? Le temps que les secours nous atteignent... Bref, notre fils nous a convaincus de vendre notre propriété et de nous installer avec lui.

— Mais vous avez fini par revenir !

— Oui. Parce que, franchement, la ville, ça ne nous a pas tellement plu... Et puis, nous avions vécu pratiquement toute notre vie ici !

— Au fait, où habitiez-vous, exactement ?

Le vieillard hocha la tête, l'air pensif, tout en passant sa main dans son abondante chevelure blanche. Puis il toisa son interlocuteur, un demi-sourire aux lèvres...

— Cher monsieur, vous vous êtes installés, vous et votre famille, dans notre maison...

Le père de Nils se sentit soudain un peu mal à l'aise. Comme s'il avait volé son foyer à ce couple de gens âgés. Pourtant, l'architecte n'avait aucune raison de culpabiliser : quand il avait, avec son frère, enfin trouvé l'endroit idéal pour leur projet, celui-ci était complètement abandonné, et même assez lugubre. On comptait au hameau une dizaine de vieilles demeures à moitié en ruine, une petite chapelle toute lépreuse, quelques granges délabrées... La terre n'avait pas été cultivée depuis longtemps... Le site avait ainsi pu être acheté pour un prix très correct. On avait ensuite restauré les bâtiments décatis et lancé les nouvelles constructions.

Viggo releva la tête. Claire Forestier s'approchait, un grand sourire aux lèvres, un plat rempli de petits biscuits au miel et aux graines de sésame entre les mains. C'était l'occasion de faire diversion :

— Dis-moi, tu sais où est Nils ? lui demanda-t-il.

Puis, se retournant vers le vieillard, il expliqua, les paumes ouvertes dans un geste d'excuse :

— Ça fait un moment que je n'ai pas vu mon fils...

Ernest Matoix hocha la tête :

— Le blondinet ? Mais moi, je l'ai vu... Il était avec mon épouse, il y a bien une heure de ça... Ils partaient vers la forêt, accompagnés de trois ou quatre autres gamins... Je pense que Germaine voulait leur montrer la grotte aux Ours !

— Hein ?

— La grotte aux Ours !

— Mais il y a des... ?

— Oh, non, plus depuis longtemps... mais c'est un lieu formidable ! Comme on a pu y jouer, quand on était enfants !

Viggo fronça les sourcils.

— Dites, ce n'est pas dangereux, au moins ?

— La roche est sacrément glissante, mais ma femme a le pied sûr. Évidemment, il faut être prudent... surtout dans la galerie au nord... c'est plutôt étroit... Un jour, eh bien, mon cousin, le petit Robert, il...

L'architecte se leva d'un bond.

— Dans quel coin ? Dans quel coin se trouve-t-elle, cette grotte ? C'est loin ?

— Calmez-vous, mon gars. Regardez là-bas : les voilà qui reviennent, avec ma Germaine. Faut pas vous affoler comme ça pour rien, sinon vous vivrez pas vieux..

Quelques minutes plus tard, la vieille dame arrivait en effet sur la place, même pas essoufflée, sa petite silhouette gracile entourée d'une bande d'enfants survoltés.

Colombe lança :

— On a visité une caverne ! On s'est faufilés au travers de tout petits passages !

— C'était vraiment topissime ! enchaîna Grégoire. Heureusement que madame Matoix avait une super lampe de poche pour nous éclairer !

— Moi, j'ai quand même eu un petit peu peur, lâcha Charlotte. En tout cas, on a vu des stanack... euh, des smala... des sragnachtiqu...

— Des stalagmites et des stalactites, rectifia charitablement Nils, avant de conclure : c'était trooooop bien !!!

Viggo le prit par les épaules.

— Écoute-moi, fiston, je te défends – d'ailleurs je vous défends à tous – de retourner là-bas tout seuls. Vous devrez toujours être accompagnés au moins par un adulte.

Pendant que les autres parents hochaient la tête pour approuver, Mme Matoix se penchait vers ses nouveaux amis avec des airs de conspiratrice.

— Il y a des tas d'autres endroits vraiment extraordinaires, dans le coin... Un jour, si vous voulez, je vous emmènerai au Rocher des sorcières. C'est là qu'elles préparaient, dans un immense chaudron, leurs potions pour transformer les humains en animaux... Et je vous raconterai aussi toutes les légendes du pays... connaissez-vous celle du fantôme de la chapelle ?

— De la chapelle de notre village ? demanda Charlotte d'une voix altérée, en portant ses mains à ses joues.

— Parfaitement, ma belle... Il y avait, jadis, un moine très pieux et sans histoire jusqu'à ce qu'il rencontre une jolie bergère dont il tomba amoureux. La jeune fille l'aimait aussi... Tout aurait pu être pour le mieux dans le meilleur des mondes si de tels sentiments n'avaient pas été interdits aux religieux ! Les deux amants préférèrent mourir qu'être séparés. Un soir, ils se jetèrent ensemble du haut de la falaise de Hurlemort. Depuis, le fantôme de cet homme revient, certains soirs, hanter les alentours de notre village... et spécifiquement la chapelle... Ma mère disait que le rencontrer était signe de malheur prochain...

Pratiquement tous les enfants du village entouraient maintenant la vieille dame. Ils étaient fascinés. La plupart des parents souriaient, complices, mais d'autres échangeaient des regards interloqués.

Certains parlaient à voix basse en fronçant les sourcils, craignant sans doute de nouvelles escapades périlleuses ou la survenue de cauchemars au cours des prochaines nuits.

Viggo soupira : les nouveaux arrivants semblaient bien un peu originaux, mais tout à fait charmants. La moyenne d'âge au village était très jeune, et des « grands-parents » sur place apporteraient certainement un supplément d'âme... Il n'y avait aucune raison de se méfier d'eux. Pourquoi, alors, une petite voix dans sa tête lui répétait-elle le contraire ?

Chapitre 3

Nils est contrarié

Les Matoix avaient été très rapidement adoptés par tout le monde, et évoluaient à petits pas dans le village, sourire aux lèvres, du matin au soir, toujours prêts à donner un coup de main ou à tailler une petite bavette entre voisins.

Germaine avait tenu ses promesses. Presque tous les après-midi, elle installait sa petite silhouette voûtée sur un banc de la place des Châtaigniers et attendait que des enfants viennent la retrouver (amis lecteurs, vous vous doutez bien que cette attente n'était jamais très longue). Le plus souvent, tout le monde restait bien sagement à l'écouter raconter des histoires ou des légendes locales. Quand le nombre de ses jeunes admirateurs n'était pas trop important, elle les emmenait chez elle et confectionnait avec eux des tartes, des gâteaux ou des gaufres dont ils se régalaient ensemble.

Nils et Colombe étaient parmi les plus assidus de la petite troupe... mais pas pour les mêmes raisons.

— Qu'est-ce que tu penses qu'on va faire, aujourd'hui ? Elle avait parlé de moelleux au chocolat, non ?

— Pfff, tu penses qu'à manger, toi, c'est incroyable! Je croyais que les filles étaient supposées faire super attention à leur ligne ?

— Dis tout de suite que je suis grosse, hein, et je te balance un direct du droit sur le pif !

— Rhaaah ! Mais t'es folle ou quoi ? J'ai jamais dit que t'étais grosse !

— D'accord, oublions ça...

— Je ne sais plus si on avait parlé de gâteau, mais en tout cas, Germaine avait promis de nous raconter l'histoire de la sorcière qu'on a brûlée sur un bûcher, affirma Nils d'une voix exaltée.

Comme souvent, Colombe avait été invitée chez son copain pour le déjeuner. Tout en mettant le couvert, les deux enfants se réjouissaient déjà à l'idée de l'après-midi qui les attendait. Hélas, au dessert, Noura ruina leur programme en leur demandant s'ils pouvaient garder la petite Svéa pendant deux heures.

— C'est juste au moment où elle fait sa sieste ; en principe, elle ne vous dérangera pas trop... ça m'ennuie beaucoup de vous demander ça, mais je ne peux vraiment pas faire autrement ! On a eu un problème à l'atelier... Tu sais, pour la commande de cette boutique de Londres... impossible de remettre la main sur le stock de médaillons... Du coup, j'ai une vingtaine de pierres de lune à sélectionner et à polir !

Grain de sel de Nils : Il faut préciser, pour ceux qui ne le sauraient pas, que ma mère et celle de Colombe se sont rencontrées grâce à nous. C'était à l'occasion de notre naissance : elles partageaient la même chambre à la maternité ! Elles sont devenues très copines et, plus tard, se sont associées pour fabriquer des bijoux. Elles ont créé une marque : Juveloj[1] *de Cybèle ! Au début, elles vendaient surtout grâce à leur site internet, mais elles sont de plus en plus connues. J'oubliais de préciser que, d'après Colombe, leurs créations sont abominablement laides.*

Grain de sel de Colombe : « Abominablement

1 : Bijoux en espéranto.

laides », non, quand même pas. Je les trouve juste un peu moches, c'est tout. Pour moi, un bijou, c'est un truc en or ou à la rigueur en argent, avec si possible un diamant, ou au moins un saphir, un rubis... et pas un machin en cuir avec des plumes, des perles en bois ou des petits cailloux vernis.

Les deux enfants avaient échangé un regard de détresse. Ils étaient coincés. Adieu le moelleux au chocolat, et adieu la sorcière carbonisée sur son bûcher : ils allaient être obligés de surveiller la petite sœur de Nils, peut-être même de jouer avec elle à un jeu de bébé si elle se réveillait avant le retour de Noura...

— Poisse ! murmura Colombe. Ma mère m'avait dit que c'était pratiquement bouclé, cette affaire de commande pour l'Angleterre ! Je me demande ce qui a bien pu se passer avec leur stock... en tout cas, c'est fichu pour cet aprèm...

— Tais-toi et souris, avait répondu Nils, tout aussi bas. Je sais comment on peut réussir à rattraper le coup. Là, maintenant, contente-toi de prendre un air gracieux et laisse-moi faire.

Il toussota afin de s'éclaircir la gorge et sauta de sa chaise pour embrasser Noura qui, debout devant l'évier, remontait ses manches.

— Maman chérie, tu peux nous faire confiance. Va coucher Svéa et file tout de suite, on la fera, ta vaisselle. C'est très important, cette commande, ça vous ouvre le marché britannique ! Il ne faut surtout pas rater une opportunité pareille ! Alors dépêche-toi, et reste à l'atelier aussi longtemps que ce sera nécessaire ! Tu sais quoi ? Ton fils gère la situation !

La jeune femme dévisagea Nils avec un petit air perplexe : elle n'était pas habituée à ce qu'il tienne un tel discours. Si son aîné s'acquittait la plupart du temps de ses tâches et corvées sans – trop – rouspéter, il ne manifestait jamais à cette occasion le moindre enthousiasme. De plus, les enfants avaient toujours l'air de penser que leurs mères s'amusaient plus qu'elles ne travaillaient – ce qui n'était d'ailleurs pas complètement faux – et ils avaient de ce fait du mal à prendre leur activité professionnelle au sérieux.

Noura reposa donc son éponge et s'essuya les mains. Elle attrapa sa cadette sous les aisselles, la sortit de sa chaise haute, lui colla un baiser sonore sur le bout du nez, puis gravit rapidement l'escalier menant aux chambres afin de la mettre au lit.

— Tu m'expliques, là ? demanda Colombe.

— Attends qu'elle soit dehors. Pour l'instant, on prouve qu'on est dignes de confiance : on se magne pour que tout soit nickel le plus vite possible ! En se débrouillant bien, on aura terminé la vaisselle en deux minutes.

Lorsque Noura sortit de sa maison, étonnée et ravie, elle ne se doutait pas que l'attitude de son fils faisait partie d'un plan. Le jeune conspirateur la regardait s'éloigner, caché derrière un rideau. Quand elle disparut au coin de la rue, il se retourna et lança d'une voix théâtrale, l'index pointé vers sa copine :

— Si nous n'allons pas à Germaine, Germaine viendra à nous. Reste ici. Tu n'as rien à faire sauf si Svéa se met à hurler. Quand elle braille comme ça, il ne faut surtout pas paniquer : la marche à suivre est simple : maman monte lui chanter une petite chanson, ça l'aide à se rendormir. Mais t'inquiète, je serai de retour dans dix minutes, un quart d'heure maxi ! Et si tout se passe bien, je ne serai pas seul !

Effectivement, quand il revint, fier comme un pou, il était accompagné par la vieille dame. Greg, Charlotte et une poignée d'autres enfants suivaient à quelques mètres. Mme Matoix hésita, une fois arrivée devant le portail.

— Je me demande bien comment vous avez arrangé ma... euh... je veux dire votre maison, mon garçon...

Nils sourit, confiant :

— Je suis sûr que vous allez être épatée : papa a fait casser des tas de cloisons, on a tout chamboulé ! Il y a maintenant un loft au rez-de-chaussée, avec l'un des murs peint en rouge et une véranda qui donne sur le jardin. On a deux chambres et une salle de bains au premier... et les combles ont été aménagés juste pour moi ! On a même installé un sauna au sous-sol. C'est troooop bien !

— Je n'en doute pas, coassa la dame, en essuyant ses grosses chaussures beiges sur le paillasson.

Nils ouvrit la porte, puis s'effaça en lançant :

— Tadaaaaam !

Mais Germaine s'était immobilisée sur le seuil. Elle secouait la tête de gauche à droite, l'air incrédule, en marmonnant :

— Eh ben...

Les autres enfants trépignaient d'impatience.

— On y va ?

— Qu'est-ce qu'on attend ?

— C'est vrai, Nils, qu'il y aura de la citronnade au miel ?

— ... Et des bonbons pour tout le monde ?

Mme Matoix leva la main afin de les faire taire. Sa voix tremblait un peu quand elle prit la parole :

— Mes petits, je suis désolée, mais je n'entrerai pas ici ! Je suis certaine que l'esprit qui vit dans ces murs a été affreusement dérangé par les travaux qui ont été effectués. Tel que je le connais, il doit même être drôlement en colère. Cela m'étonne d'ailleurs beaucoup qu'il n'ait pas encore tout cassé. Il doit préparer une sacrée vengeance...

En entendant ces mots, Nils était devenu tout pâle.

Chapitre 4

Une querelle qui dégénère

Quand Mme Matoix s'était détournée de la maison, suivie des autres enfants, les deux amis s'étaient disputés.

Comme Nils semblait assez secoué par les paroles de la vieille dame, Colombe avait décidé de rester avec lui. Ils avaient commencé à se chamailler à propos de l'existence des démons et des revenants, lorsqu'un hurlement strident s'était fait entendre, provenant de l'étage où Svéa était censée se reposer. Colombe avait lancé, en roulant des yeux horrifiés, les mains jointes sur son cœur :

— Le vilain troll de la cave a sans doute mordu les orteils de ta sœur... Pourvu qu'il ne veuille pas exercer sa vengeance sur ce pauvre petit être sans défense... si tu donnais du gravlax[1] au monstre pour l'amadouer ?

Nils avait bien vu que sa copine plaisantait : la fossette qui se creusait sur sa joue en était la preuve indiscutable, pourtant, lui, il n'avait pas du tout envie de rire. Elle avait poursuivi de plus belle :

— Mais non, je suis bête, il y a mieux à faire... Tu ne vas pas paniquer, mais imiter ta mère : tu prends ta sœur, tu prends le troll, et tu leur chantes une petite chanson pour les calmer et les aider à se rendormir !

Le petit blond secoua la tête en soupirant.

— Tu sais quoi ? On va aller la chercher. Je ne pense pas qu'elle se rendorme, alors, on va lui filer un biberon de verveine et l'installer devant un DVD.

— Euh... t'es sûr que ta mère serait d'accord ?

— En l'absence des parents, c'est moi qui décide. Donc, je décide qu'on installe Svéa devant un DVD. On en choisira un sympa, un reportage avec les animaux de la savane. Elle aime bien les girafes. Faudra juste faire gaffe à pas prendre celui où le lion fait la peau aux gazelles...

1 : Spécialité culinaire nordique à base de saumon cru.

— Et... ?

— Et pendant que mini-frangine bave devant les girafes, sagement installée sur le canapé, toi et moi on fouille toute la maison de la cave au grenier pour trouver le repaire de ce fichu esprit.

— Mon pauvre Nils, tu débloques ! avait lâché Colombe. Tu ne vas pas me faire croire que tu as pris au sérieux ce qu'a dit Germaine ! Les fantômes, ça n'existe pas ! En plus, il est hors de question de laisser Svéa sans surveillance ! Tu te rends compte ? Si elle tire sur un fil électrique ? Ou si elle décide d'escalader la bibliothèque et qu'elle tombe sur la tête ?

— Oh ! Le moulin à paroles ! Tu te calmes un peu ? avait répondu Nils.

— Je rêve. Tu ne comprends pas que tu as la res-pon-sa-bi-li-té de...

Alors qu'ils se querellaient ainsi, toujours au pied de l'escalier, le bruit de la clef dans la serrure avait fait sursauter les deux enfants. C'était Noura, qui rentrait beaucoup plus tôt que prévu.

— Mais qu'est-ce qui se passe, ici ? avait-elle demandé en entendant les pleurs de sa benjamine.

Sans attendre de réponse, elle avait dépassé les deux grands, maintenant tout rouges, pour monter les marches de l'escalier quatre à quatre.

— Bon, ben je crois que je vais rentrer chez moi... avait murmuré Colombe. Tu yoyotes complètement, mon pauvre vieux. Je vais me chercher un nouveau-meilleur-ami.

Nils n'avait pas protesté.

Lorsque Noura était redescendue, Svéa dans les bras, elle avait expliqué à son fils qu'ayant finalement trouvé injuste de l'empêcher de sortir, elle avait rapporté du travail à la maison.

— Mais où est passée Colombe ? Elle est partie ? Tu en fais une tête, dis donc... Vous vous êtes disputés ? Tu veux essayer de la retrouver ?

Nils avait vaguement acquiescé avant de sortir. Mais il n'avait envie de voir ni Colombe ni personne. Il voulait juste se vider l'esprit. Sans vraiment s'en rendre compte, il se mit à marcher de plus en plus vite. Bientôt, il trottinait. Il fit plusieurs fois le tour de la place, puis, sur un coup de tête, s'engagea dans la rue des Peupliers.

Le cœur battant, il avait couru longtemps, mécaniquement, à travers les bois et les prés. Quand il s'était arrêté, le souffle court, et qu'il avait regardé autour de lui, il avait constaté que la boucle de ses pas l'avait ramené devant la vieille chapelle abandonnée.

La petite bâtisse se trouvait au bord de la route, non loin des premières habitations, contre le flanc d'une colline boisée. Un joli ruisseau coulait tout près ; son eau, toujours pure et fraîche, était recueillie par un vieux bassin de pierre. Le jeune garçon s'assit dans l'herbe. Au bout d'un moment, il s'allongea sur le dos, les bras derrière la tête. Il faisait bon, une brise légère lui caressait le bout du nez, s'amusant avec les mèches de cheveux sur son front... les battements de son cœur se calmaient doucement pour reprendre une cadence normale... Il ferma les yeux.

Une imposante silhouette, vêtue d'une robe en toile de bure, apparut tout à coup près de lui. C'était celle d'un jeune homme barbu, aux cheveux presque rasés, à l'air doux et triste. Il s'approcha pour murmurer des paroles incompréhensibles, s'éloigna, revint, disparut encore avant de réapparaître, en une danse hypnotique et étrange.

Tout à coup, le pépiement insistant d'un

oiseau réveilla le jeune garçon. Nils sauta sur ses pieds pour reprendre la direction de sa maison. Son cœur s'était remis à battre la chamade, malgré tous ses efforts pour rester rationnel : Germaine n'avait-elle pas dit que voir le moine était signe d'un grand malheur ? Il fallait parler de tout cela à Viggo. Comme il avait dormi un long moment, son père n'allait pas tarder à rentrer.

De fait, il était déjà à la maison quand Nils arriva. Son fils se précipita vers lui sans même prendre le temps de retirer ses chaussures.

— Papa, papa, est-ce que tu as cinq minutes ?

— Bien sûr, mon grand... Un problème ?

— Chut. Plus bas, ou maman va nous entendre, et je ne veux surtout pas l'inquiéter. Viens avec moi : aujourd'hui, c'est mon tour de nourrir les poules. On discutera dehors.

Ils restèrent un long moment au fond du jardin. Lorsque son fils eut fini de lui raconter ce qui s'était passé et de lui avouer ses craintes, l'architecte soupira.

— Cette vieille dame est certainement un peu dérangée, tu sais, pour croire à ces sornettes... aucun esprit frappeur n'habite dans notre maison – car mets-toi bien dans la tête que c'est notre maison, désormais – aucun fantôme de moine maudit ne hante la région, et il ne nous arrivera rien, je te le promets.

— Est-ce que tu crois qu'elle est folle, Germaine, ou quelque chose comme ça ?

— Euh... Eh bien, on va dire qu'elle est un peu fatiguée par son grand âge. Bon, viens maintenant, il est temps d'aller dîner, conclut Viggo. Et n'aie pas peur d'inquiéter ta mère avec cette histoire. Elle ne craint ni les spectres, ni les poltergeists ! D'ailleurs, même s'ils existaient, imagine qu'ils la rencontrent un jour où elle est de mauvais poil : c'est eux qui auraient toutes les raisons d'avoir les chocottes, non ? Moi je pense qu'elle n'en ferait qu'une bouchée.

Nils éclata de rire à cette idée. Il prit la main de son père pour rentrer à la maison. Cependant, à peine son repas avalé, le jeune garçon monta s'enfermer dans sa chambre : si sa peur avait presque complètement disparu, il était toujours triste et fâché de s'être disputé avec son amie...

Chapitre 5

Les vrais ennuis commencent

— En fait, Grégoire, tu es hyper prétentieux, comme garçon, mais tu as une grande qualité...

— Hummm... Une seule, tu es sûr ?

— Ha ha ha. Ce que je veux dire, c'est que tu t'intéresses à beaucoup de choses.

— C'est vrai. Et... ?

Il était 9 heures du matin, amis lecteurs, et Nils avait retrouvé son copain sur la place des Châtaigniers : ils s'entraînaient à slalomer, en skate-board, le plus vite possible entre des quilles. Au bout d'une demi-heure, ils s'étaient arrêtés. Assis à l'ombre, ils devisaient depuis quelques minutes quand le petit blond s'était enfin lancé. Il demanda, un sourire incertain aux lèvres.

— Qu'est-ce que tu penses des histoires de

malédictions, d'esprits frappeurs et des autres trucs de ce genre ?

Greg éclata de rire.

— Tu sais quoi ? Ma grand-mère y croit, et dur comme fer ! Depuis que je suis petit, elle me parle de ses copines avec qui elle tire les cartes... Parfois, elles font aussi tourner les tables... pour faire causette avec... les moooorts...

— Mais toi, qu'est-ce que tu en penses ? insista Nils.

— J'en pense que ce sont des idioties, des sottises, des niaiseries et des inepties, voilà. On pourrait savoir pourquoi tu me poses cette question ? Germaine a réussi à te faire peur, hier ?

Nils n'eut pas le temps de répondre : la camionnette de Mario arrivait à vive allure. Tout en garant son véhicule, le jeune homme cria aux enfants, par la fenêtre de sa portière :

— L'eau de la source est polluée ! Faut avertir les gens !

Et il entreprit de sonner aux portes.

Viggo travaillait à la maison ce jour-là. Il rejoignit à grandes enjambées les quelques villageois déjà sortis de chez eux, qui discutaient avec animation sur la place.

— Pas de panique, pas de panique ! Quelqu'un veut m'accompagner pour voir ce qui se passe ? Il est inutile – en tout cas prématuré – d'ameuter tout le monde maintenant...

C'est tout le petit groupe, les deux garçons à sa suite, qui se rendit à la fontaine, à côté de la chapelle abandonnée. On constata que le maraîcher n'avait pas menti. Dans le bassin, toute la surface de l'eau était recouverte d'une épaisse pellicule huileuse.

— C'est quoi, ça ? Du mazout ? De l'essence ?

— Mais d'où ça peut venir ?

— Alors là... aucune idée !

— C'est complètement insensé, cette histoire !

Une flaque s'était formée, par terre, au creux de la roche. Des reflets irisés y dessinaient de petits arcs-en-ciel.

Grain de sel de Nils : Dit comme ça, le coup des arcs-en-ciel, ça semble joli, mais attention, la seule fois de ma vie que j'avais vu un truc dans ce genre, c'était dans une station-service : de l'essence avait coulé par terre et formait, sur le goudron, une espèce de petite mare... En fait c'était tout sauf poétique. Ça faisait penser à ces oiseaux aux ailes engluées par le mazout après une marée noire. Assez glauque, quoi...

Viggo secoua la tête, dans un geste d'incompréhension. Il annonça aux autres, reprenant la direction des maisons à grandes enjambées :

— Je vais téléphoner à la préfecture... il y a certainement une explication. En tout cas, je vous promets de faire le nécessaire pour que tout rentre dans l'ordre au plus vite.

Les autres adultes approuvèrent, mais personne ne bougea. Ils étaient comme pétrifiés. Tous les visages présentaient le même air désagréablement surpris.

Il faut dire que c'était la première fois, depuis l'inauguration du village, que ses habitants étaient confrontés à un problème qui leur paraissait vraiment sérieux. Jusqu'ici, il avait semblé à la plupart vivre dans une bulle, une zone protégée, dans laquelle rien de mal ne pouvait arriver.

— Eh bien, ce n'est pas en restant plantés là comme des andouilles qu'on va comprendre d'où arrive toute cette cochonnerie ! s'écria soudain

Mme Forestier, la seule qui avait l'air de ronger son frein depuis un moment.

Encore une fois, personne ne réagit : les uns et les autres échangeaient maintenant à mi-voix des hypothèses, avis et commentaires, penchés sur le bassin. L'enseignante se détacha du petit groupe et entreprit, toute seule, de remonter le long du ruisseau. La pente n'était pas très raide, l'ascension n'avait rien de difficile, mais, au bout de moins de cent mètres, elle poussa une exclamation de surprise. Celle-ci fut immédiatement suivie d'un bruit de chute et d'un assez joli chapelet de jurons.

Nils et Grégoire s'élancèrent les premiers. Ils rejoignirent vite leur maîtresse, assise dans les feuilles mortes et les hautes herbes. Une grimace de douleur déformait son visage et elle tenait son genou droit des deux mains. Elle leva des yeux furieux vers ses élèves et grommela :

— Pétard de sort ! Impossible de me relever !

Mario, le maraîcher, était arrivé sur les talons des garçons. Il souleva la jeune femme pour la porter jusqu'au banc de pierre qui s'appuyait contre le mur de la chapelle.

— Ça va aller ? demanda-t-il.
— Oui... ouille... Eh ben... non... fit Claire avec un petit rictus désolé.

Laissant l'enseignante aux bons soins des autres, Mario partit rapidement chercher le « doc ».

En réalité, Jean n'exerçait plus. Après avoir été, pendant une dizaine d'années, médecin urgentiste dans un grand hôpital, il avait hérité des ruches d'un oncle excentrique et bourru, disparu sans descendance. Après quelques mois, il avait troqué sa blouse blanche contre une tenue d'apiculteur. Lorsque le village avait été construit, non loin de ses nouvelles terres, il n'avait pas hésité à s'y installer avec sa femme et leur fille Charlotte.

Chapitre 6

Une fâcheuse découverte

Dès qu'ils furent certains que Mme Forestier était entre de bonnes mains, les garçons décidèrent de retourner sur les lieux de sa chute. Ils avaient été rejoints par Colombe, qui venait d'arriver.

Grain de sel de Colombe : Bien sûr que j'avais entendu qu'il se passait un truc pas normal : la fenêtre de ma chambre donne juste sur la place des Châtaigniers ! J'avais fini de prendre mon petit déjeuner, mais j'étais encore en pyjama et je ne pouvais pas sortir comme ça. Et puis maman m'a demandé de me brosser les dents avant de partir, et truc et machin et « tu as bien fait ton lit ? » et « prends un chapeau, le soleil tape déjà bien ce matin ! » Et voilà, j'ai mis trois heures à rejoindre les autres. En plus, j'étais un peu embêtée parce que je savais que Nils me faisait la tronche à cause de ce que j'avais dit la veille. Il est carrément trop susceptible, ce garçon, je ne me moquais pas vraiment de lui, enfin, pas tellement, enfin, pas tellement-tellement. Je me suis tournée vers Greg.

— Pourquoi voulez-vous remonter ? Vous pensez que la maîtresse a perdu un truc quand elle a trébuché ?

— Nan. C'est parce qu'on l'a vue des centaines de fois sauter comme un cabri dans les sentiers les plus tordus, les plus escarpés, les plus traîtres, et qu'elle n'est jamais, je dis bien ja-mais tombée. Il y a quelque chose de trop louche là-dessous.

— Ben, personne n'est à l'abri d'un faux pas, si ? Qu'est-ce que tu en penses, Nils ?

Mais Nils ne dit rien. Il regardait ostensiblement ailleurs. Alors, Colombe prit une grande inspiration, s'approcha de lui et posa sa main sur son bras.

— On redevient amis ? On ne va pas gâcher toute une vie de complicité pour des bêtises pareilles, hein...

— ...

— Hein ? Dis ?

— ...

— Nils ?

— Tu me demandes...

— Quoi ?

— Allez, vas-y, je veux l'entendre ! Tu me demandes... tu me demandes parrr...

— Rhaaaah, bon, d'accord : je te demande pardon de m'être moquée de toi, mais franchement, tu...

Greg les poussa tous les deux devant lui sans les laisser poursuivre.

— Ça suffit comme ça : c'est pas le moment de faire des salamalecs, les mecs !

— Les quoi ??? s'indigna Colombe. Je ne suis pas un mec, moi, que je sache !

— Ah lala, les filles, faut toujours que ça râle. T'avais remarqué ça, déjà, Nils ? Allez, quoi, on ne va pas y passer la journée ! Suivez-moi !

En quelques secondes, les trois enfants avaient retrouvé le lieu de l'accident. À quatre pattes, ils examinaient la terre aux alentours. Colombe avait le nez au ras du sol.

— Ben, en fait, elle a quand même perdu un truc, dit-elle. Ce bouton en bois a dû se détacher au moment où elle est tombée... On le lui rendra tout à l'... Eh ! Regardez, là : cette grosse branche coincée avec des pierres, à quelques centimètres du sol... on dirait vraiment un piège !

Grégoire, à genoux dans la terre, leva les bras au ciel.

— T'exagères, Colombe, t'exagères... Hein, Nils, tu trouves pas qu'elle exagère ? Les filles, ça fait rien qu'à exa...

— Pas cette fois, coupa Nils. Tais-toi et regarde, Greg, au lieu de nous saouler : il y a encore un bout de bois, tout pareil, ici, et de l'autre côté du ruisseau, on voit exactement la même chose : des machins-trucs pour que les curieux se cassent la figure. C'est sans doute censé empêcher les gens de monter jusqu'à la source... Si ça se trouve, il y a d'autres pièges. Peut-être des trous profonds de trois mètres avec des piquets pointus dressés au fond et cachés par un tapis de feuilles, j'ai vu ça dans un film, une fois...

— Je ne voudrais surtout pas continuer à te saouler, mais là, c'est toi qui exagères, mon pote... souffla Greg.

Les enfants restèrent silencieux un instant. En contrebas, à travers les troncs et les branchages, ils apercevaient une poignée d'adultes qui tenaient compagnie à la blessée. Les autres étaient repartis vaquer à leurs occupations.

— On va prévenir les parents ? demanda Colombe.

— Pas tout de suite, répondit Nils. Montons d'abord jusqu'en haut, pour voir ce qui arrive à notre eau. Mais on a intérêt à bien faire gaffe où on met les pieds...

Ils reprirent lentement leur ascension.

Une fois à la source, Nils, Colombe et Greg ne trouvèrent rien d'anormal. Ils eurent beau chercher, fouiller, soulever les branches mortes et creuser la terre à la recherche d'indices, ils repartirent bredouilles. Ils cheminaient lentement, redescendant la pente légère vers la chapelle quand, soudain, le pied de Nils heurta un morceau de plastique qui dépassait du sol.

— Eh, mais qu'est-ce que c'est que ce... ?!?

Deux gros jerrycans de mazout avaient été couchés, puis sommairement enterrés de part et d'autre du petit ruisseau. Les goulots, prolongés par un morceau de tuyau en plastique, débouchaient juste au niveau du cours d'eau. Un gros bouchon de gravier et de tissu avait permis au liquide de s'écouler tout doucement. C'était juste à quelques pas de l'endroit où Mme Forestier avait fait sa chute.

— Faut surtout toucher à rien, s'exclama Greg. En tout cas j'ai tout compris : cette nuit, le fioul a gentiment coulé, très doucement, jusqu'au bassin. Une fois arrivé là, comme il est plus léger que l'eau, il a flotté en surface... vous savez, il y a une espèce de bonde au fond de la fontaine... l'eau qui s'en écoule doit être à peu près propre, en fait...

— Bon, ben maintenant, on est bien obligés d'en parler aux adultes ! affirma Colombe en se tordant les mains nerveusement.

— Moi, proposa Nils, je pense qu'on devrait seulement avertir mon père.

— Hein ? Mais pourquoi ?

— Réfléchis : notre village est complètement isolé dans la nature, et si un inconnu arrive par la route, Pitt et Bull ameutent les foules en moins de deux minutes !

— Attends, je ne pige rien de rien, là... le coupa Colombe. Tu peux expliquer ?

— Pitt et Bull ! C'est comme ça que j'ai rebaptisé les bichons de Mario... Tout le monde sait qu'ils font un foin pas possible quand quelqu'un débarque ! Or, on ne les a pas entendus aboyer hier soir ! C'est donc forcément l'un des nôtres qui a fait le coup...

Nils termina sa démonstration avec un petit sourire satisfait.

— ... Le coupable sera plus facile à démasquer si on garde notre découverte secrète.

— Bravo, approuva Colombe.

Greg n'eut pas le choix : il approuva aussi et emboîta le pas à ses amis. Lorsqu'ils atteignirent la chapelle, Jean achevait d'installer la maîtresse dans sa voiturette électrique. Tous les autres adultes avaient disparu.

Les trois enfants se dirigèrent d'un même pas vers la place des Châtaigniers.

— En tout cas, ça tombe fichtrement mal, cette affaire... grogna soudain le petit brun.

— Qu'est-ce que tu veux dire ? Pourquoi ça tomberait particulièrement mal ?

— Parce que, p'tite tête, c'est samedi qu'on doit accueillir les premiers hôtes de La Musicale !

Chapitre 7

Viggo prend les choses en main

Amis lecteurs, vous devez savoir qu'au printemps, les habitants du village avaient décidé de consacrer un vieux corps de ferme restauré à la création d'un site assez particulier. Le gîte *La Musicale* accueillerait dans les meilleures conditions des musiciens désireux de s'adonner à leur art au vert et au calme. Le projet avait été adopté à l'unanimité, et tous les aménagements nécessaires avaient été réalisés ; le plus important de ceux-ci avait consisté à transformer la cave en salle de répétition fonctionnelle et agréable. (On espérait même, à terme, pouvoir créer un petit studio d'enregistrement sur place.) Une campagne de communication avait été organisée dans le milieu de la musique classique, où évoluaient les parents de Grégoire... Les premiers clients potentiels n'avaient pas tardé à se manifester. Un célèbre quatuor à cordes, aspirant à se détendre et à se perfectionner avant un enregistrement de la plus haute importance, avait réservé les deux premières semaines qui suivraient l'ouverture du gîte.

Le fait que la source ait été souillée pouvait-il gêner les artistes ?

— Bah, ils s'en fichent certainement, de notre ruisseau, pas vrai ? demanda Colombe.

— Tu rigoles ?! s'écria Greg. Ma mère, qui les connaît depuis vingt ans, m'a dit que c'était des fondus de nature ! Ils sont aussi intéressés par l'écologie que par la salle de répet' ! Peut-être même encore plus ! Et comme ils sont hyper célèbres, tout le monde attend de voir ce qu'ils auront à dire de leur séjour ! S'ils sont contents, ça nous fera une pub d'enfer... et s'ils nous cassent... eh bien, on est fichus, pas moins !

— OK. Ils arrivent samedi, et on est jeudi, réfléchit tout haut Colombe, donc, pas de temps à perdre.

Ils sautèrent sur leurs pieds.

Les enfants étaient hors d'haleine quand ils s'engouffrèrent dans la pièce qui servait de bureau à l'architecte. Celui-ci, se tournant vers eux, leur fit signe de rester silencieux : il était au téléphone.

— Moui... Hum-hum... et ce monsieur ne reviendra de vacances que dans quinze jours ?! Et personne ne le remplace ? Ah, mais, c'est très dommage, et plutôt surprenant... Oui, madame, certainement, je comprends, débordée, oui-oui, mais... Ah, je n'ai pas dit ça... Non, bien entendu... Je rappellerai. Merci.

Viggo raccrocha dans un mouvement de mauvaise humeur. Il grinça :

— Personne qui puisse me répondre avant deux semaines ! Comme il ne s'agit pas de notre principale source d'alimentation en eau, il n'y a pas d'urgence ! Je t'en ficherai, moi, des...

Le petit blond s'avança.

— Euh, papa ?

— Quoi, mon garçon ?

— On a des infos pour toi. Et ces trucs vont sûrement t'intéresser...

Les trucs en question l'intéressèrent en effet, et même énormément. Il écouta les trois enfants sans les interrompre une seule fois.

— Vous avez bien fait de ne rien dire à personne.

Nous allons récupérer ces jerrycans maintenant, pour les examiner, et tenter de trouver à qui ils appartiennent...

— Dites, la police ne va pas nous en vouloir de tripoter des preuves, comme ça ? demanda tout à coup Greg. On n'a peut-être pas le droit de le faire ! Dans les séries, à la télé, eh bien, ils enguirlandent toujours ceux qui ont touché des trucs sur une scène de crime...

Viggo sembla hésiter un instant. Il finit par lâcher :

— Écoutez, les mouflets : pour le moment, les policiers ont des choses plus importantes à faire que s'occuper de cette histoire. En tant que maire de la commune et à ce titre officier de police judiciaire, je prends toute la responsabilité de la décision, d'accord ? Et la direction des opérations. Mais vous êtes recrutés pour rester avec moi toute la journée ; je vais avoir besoin de votre aide.

Il se redressa et regarda sa montre :

— Onze heures... si on se débrouille bien, on sera de retour à temps pour préparer le déjeuner... C'est mon tour de le faire, aujourd'hui...

Ils sortirent rapidement la brouette de la grange et repartirent tous les quatre vers la colline. Ils avaient décidé de prétendre, s'ils croisaient des curieux, qu'ils allaient chercher des branches mortes dans la forêt.

Ils ne rencontrèrent personne. Et il fut enfantin de déterrer les jerrycans. Chacun d'eux avait une contenance de vingt litres mais était bien sûr à présent complètement vide.

On profita de l'escapade pour assainir la fontaine. Viggo immergea les bidons l'un après l'autre et réussit à y faire entrer, par le goulot débarrassé du morceau de tuyau, presque toute la nappe de mazout, qui flottait toujours en surface. Ensuite, sous les yeux ébahis des enfants, il sortit un briquet de sa poche, l'alluma et le promena précautionneusement sur l'eau. De petites flammes apparurent ici et là, puis s'éteignirent.

L'architecte sourit.

— Voilà, c'est tout à fait correct, maintenant, annonça-t-il. Je mettrai quand même un écriteau ici, pour qu'on ne boive pas de cette eau pendant quelque temps... c'est plus prudent.

Sur le chemin du retour, ils croisèrent

Mme Forestier. Le genou maintenu par un bandage, elle s'appuyait sur une canne pour avancer.

— Ça va mieux, maîtresse ? demandèrent, d'une seule voix, les trois enfants.

— Moui. Jean m'a bricolé un machin pour que je puisse marcher. Parce que je n'ai pas dit mon dernier mot. Je retourne à la source. Cette histoire de mazout me travaille, et c'est complètement dingue, tout le monde a l'air de s'en f...

— Détrompe-toi, annonça Viggo, avant de poursuivre : Tu aimes le pesto ?

— Euh, oui, répondit Claire, en regardant l'architecte sans comprendre où il voulait en venir.

— Tu aideras à cueillir le basilic ?

— Mais oui...

— Tu donneras un coup de main en cuisine ?

— Bien sûr !

— Tu sauras râper le pecorino ?

— Évidemment, à la fin ! Tu me prends pour une incapable ?

— En aucune façon. Tu viens avec nous : on va tout t'expliquer. Et ne reste pas à clopiner comme ça, tu fais peine à voir : assieds-toi dans la brouette, on va te pousser !

Chapitre 8

Un suspect entre en scène

Les spaghettis au pesto avaient eu un franc succès, mais il faut avouer qu'on avait assez peu avancé au cours du repas. Noura, qui était rentrée de l'atelier où elle était restée toute la matinée pour finir de préparer la commande londonienne, avait été surprise de trouver autant de monde dans le coin cuisine. On lui avait rapidement raconté les récents événements, et montré les pièces à conviction : des bidons en plastique translucide d'un modèle tout à fait courant. Aucune étiquette n'y était plus collée, et le seul signe particulier concernait l'un des morceaux du tuyau rayé vert et jaune qui avaient été scotchés aux goulots : il était bizarrement abîmé, percé, un peu déchiré par endroits, comme si quelqu'un s'était amusé à y enfoncer des petits clous.

— Et si tout ça n'était qu'une mauvaise blague ? suggéra Viggo en repoussant son assiette vide devant lui.

Les autres s'accordèrent : c'était peu probable.

— Dans ce genre d'histoires, annonça Nils, il faut toujours se demander à qui le crime profite, non ?

— Justement, répondit Claire en martelant la table du plat de sa main. Je ne vois vraiment pas qui pourrait trouver le moindre intérêt à cette chose stupide ! Ça n'a tout simplement pas de sens !

Grain de sel de Nils : Personne n'a voulu suivre mon idée. C'est dommage, parce que j'en étais drôlement fier. Moi, je ne regarde pas les séries américaines, mais je m'étais souvenu d'un livre policier que j'avais lu. Dans ce bouquin, le détective trouvait le coupable grâce à ce raisonnement : celui qui avait assassiné la richissime mémé, c'était son dernier mari, un vilain bonhomme qui espérait hériter de sa fortune. J'ai failli raconter cette histoire aux autres, mais j'ai renoncé... la maîtresse aurait certainement estimé que je faisais un hors-sujet...

Les adultes sirotaient leur café quand la sonnette de la porte d'entrée retentit. Viggo se leva pour ouvrir, et revint quelques instants plus tard, accompagné de M. Matoix. Celui-ci avait l'air consterné. Il s'assit à la grande table et accepta d'un hochement de tête la tasse que Noura lui tendit.

— Ah, évidemment, attaqua-t-il, si quelqu'un nous avait posé la question, à Germaine et moi, on aurait pu vous le dire, que de temps en temps, il y avait des remontées de gazoline dans la terre... Ma femme vous expliquerait que c'est un coup des mauvais esprits, mais moi je crois plutôt ce que disait mon père : qu'il y a des galeries souterraines dans les collines, et qu'elles ont servi d'entrepôts pendant la dernière guerre... Les résistants devaient y stocker des armes, des vivres, des combustibles... Je suppose que parfois, avec le temps, un réservoir finit par se fendre... Une année, ça m'a tué tous mes moutons ! Ils avaient dû boire de l'eau souillée... En tout cas, c'est pas bon pour les récoltes. Faudrait peut-être bien jeter tous vos légumes...

Personne ne répondit. Le vieux monsieur avala son café, grignota un biscuit du bout des dents et repartit rapidement, l'air un petit peu déçu par le manque d'effet que ses paroles avaient provoqué chez ses interlocuteurs. Après son départ, cependant, les langues se délièrent.

— C'est tellement amusant, et si inattendu, qu'il vienne, comme ça, nous apporter ces informations qui tombent à pic... juste maintenant... sourit Viggo. Suspect, je vous dis, c'est suspect... Serait-ce lui qui a fait le coup ?

— Moi, ce qui me semble bizarre, surtout, c'est son histoire de moutons, intervint Noura. Tu crois que ces bêtes seraient assez stupides pour boire de l'eau mazoutée ? Et d'abord, est-ce que ça les ferait vraiment mourir ? ajouta-t-elle en se tournant vers Claire Forestier.

— Euh, ne me regarde pas comme ça, je ne suis pas vétérinaire... répondit cette dernière avant d'annoncer : Mais je vais hélas devoir vous décevoir, car je suis certaine que ce charmant petit vieux n'est pas le coupable ! J'en ai la preuve !

Tous les regards se tournèrent vers elle :

— Tu nous expliques ? demanda Viggo.

Claire se tut un instant, ménageant le suspense, un petit sourire mystérieux aux lèvres. Noura, soudain sur ses pieds, attrapa la cafetière et fit mine de vouloir en verser le contenu sur la tête de son amie.

— Allez, ma grande ! Accouche, sinon, c'est illico un shampooing à la caféine.

La jeune femme éclata de rire.

— Pitié ! Non ! Pas ça ! Bon. Un peu de sérieux, je vous dis tout. Il se trouve qu'hier soir, j'ai justement fait un petit tour avec mes locataires après le dîner. Nous nous sommes promenés pendant une demi-heure, et ensuite, vers 21 heures, nous sommes bien sagement rentrés, chacun chez soi. Germaine avait un peu mal aux pieds et elle a dit qu'elle irait se coucher tôt. Ernest, pour sa part, est allé bricoler dans son atelier. Il a scié des planches jusqu'à 23 heures passées, je pourrais en témoigner sous serment ! Il m'a empêchée de dormir... mais je n'ai pas osé aller le prier d'arrêter de faire ce boucan. Ils sont tellement gentils, toujours prêts à donner un coup de main...

— Tu t'éloignes du sujet, remarque Viggo, les sourcils en l'air. Ta preuve, c'est quoi ?

— Puisqu'ils étaient tous les deux avec moi, sous mon toit, gros malin, ils n'ont pas pu enterrer ces fichus bidons dans la colline. Ça s'appelle « avoir un alibi en béton », ça...

Les enfants agitaient leurs pieds sous la table.

— Ben, en fait, Germaine a pu le faire, pendant que son mari sciait son bois... réfléchit tout haut Colombe.

Nils secoua la tête vivement.

— Impossible. Elle est plutôt maigrichonne, non ? Tu l'imagines se coltiner des bidons aussi lourds sur un tel trajet ? Et grimper, toute seule, en pleine nuit, avec sa petite pelle, pour les enfouir près de la source ? Tout ça sans se faire remarquer ? Elle est drôlement agile pour son âge, mais...

— Alors, tout avait peut-être été mis en place plus tôt... Ç'a été fait avant votre promenade ! l'interrompit Greg, en levant le doigt, comme s'il était en classe.

Viggo fronça le nez.

— Je ne crois pas. Ces jours-ci, on vit tous plus ou moins dehors... Quelqu'un aurait forcément remarqué quelque chose pendant la journée. Et puis, il fallait bien calculer son coup, pour la vitesse d'écoulement du mazout : on devait être au maximum de l'effet recherché ce matin vers 9 heures...

— Ou alors, Matoix a demandé à sa femme de scier le bois pour faire du bruit, et c'est lui qui est allé planquer les bidons... proposa Noura.

— Mais on nage en plein délire, là... soupira son mari.

Un grand silence s'installa autour de la table. On n'entendait plus que Svéa. Elle chantonnait, dans sa chaise haute, tout en écrabouillant consciencieusement un petit biscuit avec sa vieille cuiller favorite.

Grain de sel de Colombe : Je regardais le manche en plastique de cette cuillère. Il était tout abîmé, tout mordillé. Il me rappelait quelque chose, mais quoi ? Tout à coup, j'ai trouvé ! Le morceau de tuyau vert et jaune ! Celui qui avait été scotché à l'un des bidons ! J'ai failli le dire tout haut, et puis je me suis ravisée. J'imaginais la tête qu'ils feraient tous si je leur annonçais que ce bout de plastique avait été mâchouillé par quelqu'un qui faisait ses dents... tout le monde se serait fichu de moi, alors, je n'ai rien dit du tout.

Chapitre 9

L'enquête piétine

On décida finalement de faire le tour du village pour tenter de trouver des indices.

— On pourrait prétexter une récolte d'échantillon à l'arrivée d'eau de chaque maison... proposa Viggo. Cela semble parfaitement crédible, compte tenu des événements récents. J'emmènerai les garçons, et Noura prendra Colombe avec elle. Quant à Claire, comme elle ne peut pas bien marcher à cause de son genou, elle restera ici avec Svéa. D'accord ?

Tout le monde acquiesça.

— Mais, ces faux prélèvements, on les fait dans quoi ? Des flacons vides ? Des bocaux à confiture ? Ça ne semble pas très sérieux et de toute façon, on n'en aura jamais assez ! affirma Noura.

— Ah oui, je n'avais pas pensé à ça... répondit son mari en faisant la grimace.

Claire haussa les épaules.

— Pas grave. Vous demanderez qu'on vous fournisse un récipient propre, avec une étiquette dessus pour pouvoir l'identifier. Ce n'est pas une démarche très scientifique, mais dans des circonstances exceptionnelles, on fait parfois les choses comme on peut. De toute façon, je suis persuadée que les gens n'y verront que du feu !

— Ça marche. On y va, et on fait le point ici en fin d'après-midi, disons, vers 18 heures, conclut Noura.

Les apprentis détectives sillonnèrent les rues et récoltèrent, partout, vingt-cinq centilitres d'eau. Vous imaginez bien, amis lecteurs, qu'ils en avaient profité pour examiner discrètement les lieux visités et poser, très innocemment, un certain nombre de questions. Tous les habitants du village étaient bien sûr au courant des événements qui s'étaient déroulés dans la matinée, et chacun d'eux semblait sincèrement indigné.

Quand Viggo, Noura et les enfants se retrouvèrent, une fois leur tâche accomplie, ils mirent en commun toutes leurs observations. Claire Forestier, qui s'était proclamée secrétaire de séance, devait tout noter, au fur et à mesure, sur le grand tableau blanc qui ornait un mur du coin cuisine.

Dans un premier temps, on constata que plusieurs personnes avaient profité de la visite du maire ou de sa femme pour leur confier quelques soucis. Certains affirmaient que les arbres fruitiers ou les potagers, malgré tous leurs soins, dépérissaient ces dernières semaines. On se plaignit aussi de la disparition d'objets divers, de la nervosité inexplicable de certains animaux domestiques...

— Si ça se trouve, il y a effectivement des trucs bizarres ces derniers temps, et plus que d'habitude ! avait suggéré la maîtresse en fronçant le nez. Je vous jure que le grillage du fond de mon jardin a été bousillé plusieurs fois et que je soupçonne une ou deux bestioles de venir se servir la nuit dans mes plantations ! Je n'ai pas arrêté de réparer ce truc au cours des quinze derniers jours ! Je ne l'avais dit à personne parce que cela me semblait sans intérêt, mais si on est tous dans le même cas...

Viggo haussa les épaules pour lancer, ironique :

— Ah bah oui : il doit y avoir un complot...

— Arrête ! s'exclama Noura, manifestement agacée. C'est vrai que tous ceux que nous avons vus, Colombe et moi, avaient une inquiétude réelle à partager...

Greg s'agitait sur sa chaise. Il finit par lâcher :

— Ben ma mère aussi, elle dit qu'elle dort mal, ces derniers temps, tellement elle entend de drôles de bruits la nuit !

Personne ne dit plus rien pendant un petit moment. Chacun était, en réalité, plongé dans ses propres réflexions. Noura venait de se souvenir que quelques jours plus tôt, à l'atelier, un assez grand sac de jute rempli de pierres avait craqué, alors qu'elle s'apprêtait à le ranger, répandant tout son contenu sur le plancher. La jeune femme avait mis cela sur le compte de la malchance, mais avait constaté que la toile, à certains endroits du sac, était anormalement usée, comme si elle avait été frottée avec une pierre ponce.

Au bout d'un moment, Nils avait toussoté.

— Mais, dites, on ne va quand même pas se mettre à accuser des esprits frappeurs, des spectres ou des fantômes, hein ? Tout le monde sait que ça n'existe pas !

— Absolument. Restons réalistes, avait lancé Claire, et penchons-nous sur ce que vous avez trouvé comme éléments concrets cet après-midi. On va essayer de procéder par ordre. Avant tout, dites-moi si vous avez vu quelque part des bidons semblables à ceux qu'on a retrouvés sur la colline ?

Ils hochèrent tous la tête. On avait remarqué que plus de dix foyers possédaient au moins un jerrycan de ce type. Il était généralement destiné à alimenter un poêle d'appoint pendant la saison froide. La maîtresse nota consciencieusement la liste des personnes concernées.

— Et des tuyaux d'arrosage rayés vert et jaune ?

Viggo s'exclama :

— Alors là, c'est incroyable. Parmi les gens qu'on a vus, les garçons et moi, pratiquement tout le monde a le même modèle de tuyau... mais il est soit vert, soit jaune ! Jamais vert et jaune !

— Nous non plus, on n'en a pas vu qui soit bicolore, soupira Colombe. Est-ce que ça signifie que ceux qui ont fait le coup ne sont finalement pas du village ?

— Ça veut seulement dire que ceux qui ont fait le coup ont plusieurs tuyaux chez eux. T'es vraiment bête, toi, des fois, répondit Greg.

Claire lui donna, en fronçant les sourcils, une petite tape sur la tête.

— Arrête de dire des idioties, Grégoire Winter. Je souhaite à toutes les filles – et à tous les garçons aussi, d'ailleurs – d'être « vraiment bêtes » comme celle-ci. Le niveau général serait gagnant... Bon. Revenons à nos moutons. Est-ce que quelque chose, à un moment, vous a semblé suspect ? Ou bien avons-nous négligé, depuis ce matin, une piste, aussi ténue soit-elle ? Oublié un élément ?

Colombe se redressa soudain pour lui répondre.

— Ah, ben tiens, oui, on a oublié un truc : on a retrouvé votre bouton, ce matin... celui que vous avez perdu quand vous êtes tombée.

Elle le sortit de la poche, où elle l'avait machinalement glissé quelques heures plus tôt, et le posa devant elle sur la table, avant de le faire rouler vers la maîtresse.

Claire Forestier attrapa d'un geste vif le petit disque en bois pour l'examiner attentivement.

— Ah, non, ce n'est pas à moi, ça...

Chapitre 10

Les coupables sont enfin démasqués

Le bouton en bois n'appartenait pas à la maîtresse ?! Colombe sursauta comme si elle avait été frappée par la foudre.

— Alors, c'est celui du malfaiteur !

— Ou bien il appartenait à un brave promeneur qui l'aura perdu un jour... soupira Viggo.

— Ça, je n'y crois pas du tout ! rétorqua Nils. Regardez : il n'est pas sale, ni abîmé ! Il n'est pas resté par terre très longtemps. Et franchement, tu ne trouves pas que ce serait une drôle de coïncidence, quand même ?

Greg jeta un œil agacé en direction de Nils.

— C'est exactement ce que j'allais dire, bien sûr.

Noura tendit la main vers son fils.

— Fais voir ce bouton...

À peine l'eut-elle récupéré qu'elle s'exclama :

— Vous n'allez pas me croire, mais je le reconnais !

Tous les regards se tournèrent vers elle.

— Je suis prête à parier qu'il était, il y a peu, cousu sur l'une des blouses bleues de Mario. Celles qu'il porte quand il fait ses livraisons ou qu'il va vendre ses primeurs sur les marchés du coin.

Cette déclaration fut accueillie par des exclamations de surprise. Chacun affirmait qu'il n'y avait aucune raison pour que le maraîcher ait volontairement pollué l'eau de la source. De plus, c'était lui qui avait donné l'alerte !

— Vous oubliez qu'il n'y a pas si longtemps, il en pinçait pour ma mère... murmura Greg .

— Peut-être, et alors ? Je ne vois pas le rapport ! dit Viggo, qui semblait vraiment dépassé par les événements.

— Alors, le rapport, c'est que c'est surtout ma mère qui s'occupera du gîte pour les musiciens, hein ?

— Ouiiiiii...

— Eh bien, Mario en veut à ma mère qui l'a envoyé promener quand il la draguait et il pourrait avoir envie de se venger en ruinant la réputation du gîte.

— Parce que nos clients avaient l'intention de se baigner dans notre petite fontaine ???

Noura donna un vigoureux coup de coude dans les côtes de son mari.

— Ne sois pas idiot : c'est une piste, et même, la seule qu'on ait.

— Pardon ma douce, mais je dois être bouché...

— Ces musiciens sont aussi branchés développement durable que nous, et franchement, ça craint du boudin si la fontaine sent le mazout, puisqu'il faut te mettre les points sur les i ! articula Noura d'un ton agacé.

— Ah ben là, j'ai compris ; l'amoureux éconduit ruine l'affaire de celle qui l'a fait souffrir ! s'exclama l'architecte. C'est tordu, mais possible !

Le petit groupe resta silencieux un moment. Chacun était plongé dans ses pensées.

— Du coup, maintenant, qu'est-ce qu'on fait ? finit par demander Nils.

— Eh bien, on va aller acheter un cageot de poivrons, affirma calmement Noura.

Tout le monde ressortit donc – même la maîtresse, qui n'avait presque plus mal au genou et ne voulait rater la suite de l'aventure pour rien au monde – et ils arrivèrent, quelques minutes plus tard, devant l'exploitation maraîchère. Mais Viggo eut beau sonner plusieurs fois, personne ne vint ouvrir.

— Il n'est pas là... On rentre à la maison et on revient demain ? proposa Colombe.

Sans prêter attention à ses paroles, Claire enclencha la poignée de métal et poussa. Le portail n'offrit aucune résistance, et ils se retrouvèrent bientôt tous les six dans la cour. La maison du maraîcher et sa dépendance étaient entourées de plantations et de serres. Il n'y avait personne en vue et les deux chiens, couchés à quelques mètres, levèrent à peine le museau.

— Est-ce qu'on a le droit de rentrer, comme ça ? demanda Greg entre ses dents.

— Nous sommes juste de bons clients qui venons acheter un cageot de poivrons, rappela Viggo avec un grand sourire. Notre ami Mario est sans doute dans sa remise, ou bien au téléphone. Nous allons, de ce pas, le chercher...

Ils s'avancèrent vers la petite grange dans laquelle le maraîcher entreposait la plus grande partie de son matériel. On entendit soudain des éclats de voix.

— ... Une véritable idiotie ! C'était une très mauvaise idée, ces bidons de mazout !

— Ah oui ? Une très mauvaise idée ? Tu es gonflé, tiens !

— On aurait mieux fait de continuer à piquer des trucs dans les jardins, à saboter du matériel et à faire des bruits bizarres pendant la nuit...

Les visiteurs s'étaient silencieusement rapprochés de la remise. Cachés par une palette de cageots, ils découvrirent un tableau qui les laissa stupéfaits.

Invisibles depuis l'entrée, à l'abri du mur de la grange, le maraîcher et un couple âgé d'une cinquantaine d'années étaient assis à une petite table de jardin.

— Vous avez vu ? C'est les Matoix ! souffla soudain Colombe d'une voix blanche.

— T'es folle, toi... murmura Greg en haussant les épaules.

— Mais si, elle a raison ! affirma Nils.

Les trois adultes s'avancèrent, faisant crisser le gravier sous leurs pieds. Mario sursauta, l'homme et la femme se recroquevillèrent instantanément tout en esquissant le geste de recouvrir leurs cheveux de la perruque blanche que chacun avait gardée à portée de main.

— Eh bien, chers amis, dit Viggo en attrapant une chaise inoccupée pour s'asseoir dessus à califourchon, je crois que vous allez avoir un certain nombre de trucs à nous expliquer, là...

Noura, Claire et les enfants les rejoignirent, pour s'installer d'autorité autour de la table de jardin. Pendant un moment, personne ne dit rien. Le couple gardait les yeux baissés, Mario mordillait l'ongle de son pouce gauche.

— Alors ? insista Viggo, en prenant une grosse voix.

— Bon, soupira Mario. Nous allons tout vous expliquer. De toute façon, vous avez sans doute déjà compris l'essentiel, non ?

— Absolument pas ! s'exclama Viggo. Et se tournant vers la femme, il ajouta : Qu'est-ce que c'est que ce cinéma ? Pourquoi vous être fait passer pour des petits vieux ?

Elle haussa les épaules, fataliste.

— C'est moi qui ai eu l'idée. Je m'appelle Géraldine, celui que vous connaissez sous le nom d'Ernest Matoix est en réalité mon frère, Jacques. Nous avions une agence immobilière qui a fait faillite il y a un an. Un jour, j'ai vu, à la télé(1),

1 : voir, dans la même série, *Scoop à Ecolo-village*.

un reportage sur votre village. C'était l'hiver dernier, aux alentours de Noël, je crois. Je me suis dit que vous aviez eu une idée en or. Nous n'avions pas les moyens de faire comme vous... Impossible d'avancer des fonds pour lancer un tel projet... mais j'ai imaginé que si on réussissait à vous pourrir la vie, au bout de quelques mois, tout le monde déménagerait, et que ce serait alors facile de récupérer les lieux... c'était juste un jeu de l'esprit, au début... puis c'est devenu une obsession. Je passais tout mon temps sur le site internet de votre village.

— Charmant... commenta Claire.

Le dénommé Jacques poursuivit, en regardant sa logeuse :

— Alors quand nous avons vu votre petite annonce, pour louer le rez-de-chaussée de votre maison, nous y avons vu comme un signe du destin ! L'occasion de mettre notre projet à exécution ! Nous avons tout préparé scrupuleusement... On a acheté ces perruques blanches, des habits de vieux... on a appris à se voûter, à marcher moins vite, à se maquiller pour avoir l'air d'être plus ridés...

— Vous vous êtes moqués de nous ! accusa Nils, des larmes de rage dans les yeux. Vous vouliez seulement nous faire peur, hein ? Elles étaient même pas vraies, tes légendes, je parie, hein ?

— Pure invention. J'avais trouvé par hasard, en reconnaissant les lieux, l'endroit que nous avons eu l'idée d'appeler « la grotte aux Ours »...

— Et puis, tous les soirs, après avoir fait semblant d'aller nous coucher, on allait chiper ou saboter quelques petites choses par-ci, par-là... piquer des tomates dans les jardins, ouvrir un clapier... poursuivit son frère.

— Le stock de médaillons, le sac en toile de jute, c'était vous !? s'exclama Noura.

— Évidemment. Et le grillage de Claire. Et bien d'autres choses encore...

Viggo ouvrait des yeux incrédules.

— C'était assez crétin, comme plan ! Vous pensiez vraiment réussir à nous faire partir ? Et toi, Mario, tu peux m'expliquer le rôle que tu as joué là-dedans ?

Le maraîcher se couvrit les yeux d'une main.

— Le soir même de leur arrivée, alerté par mes chiens, je les ai surpris alors qu'ils venaient d'escalader le mur de ma propriété, un seau de désherbant sous le bras. Ils voulaient bousiller mes plants de courgettes... Je pensais te les amener sur-le-champ, Viggo, je te le jure, mais ils ont fini par m'embobiner. Ils m'ont dit qu'ils avaient besoin d'un complice sur place, et que j'aurais une belle part dans l'affaire, une fois qu'on aurait réussi notre coup.

Greg lui lança un regard noir.

— Vous oubliez de préciser que vous vouliez faire suer maman, hein ?

— Quoi ? demanda Mario en secouant la tête dans un mouvement d'incompréhension. Voyons, mon garçon, ta mère n'a rien à voir là-dedans !

— Mais les bidons de mazout, ce n'était pas pour dégoûter les musiciens qui vont occuper le gîte ?

— Pas du tout, soupira le jeune homme. Je trouvais que les choses n'avançaient pas assez vite, alors j'ai voulu accélérer un peu. Je me suis dit que si j'arrivais à persuader les autres que l'endroit était pollué...

— ... Et tout ce que tu as réussi, c'est à nous faire prendre, grinça Géraldine. Bon sang, on aurait pu y arriver ! En quelques mois de guerre des nerfs, le paradis était à notre portée ! On rachetait tout pour une bouchée de pain, on revendait à prix d'or, et on était riches !!!

— Bon, fit Viggo, eh bien... Je suppose que

vous vous doutez de ce qui va se passer, maintenant ?

— Oui, cracha Géraldine. On a joué, on a perdu... faut assumer...

Nils, Colombe et Greg échangèrent un regard écœuré. Sans dire un mot, ils se levèrent et s'éloignèrent de la table. Ils traversèrent toute l'exploitation d'un pas rapide pour sortir par la porte de derrière. À un moment, le petit blond montra, mais sans ralentir, un grand tuyau d'arrosage en plastique vert et jaune enroulé sur lui-même contre un muret. L'un des chiens en mordillait l'extrémité, par jeu.

Les trois enfants gagnèrent la place des Châtaigniers en quelques minutes. Ils s'affalèrent sur leur banc préféré.

— Les adultes, des fois, ils sont franchement nuls... grommela Colombe. Ils se sont bien fichus de tout le monde, Ernest et Germaine, je veux dire, Truc et Chose, là... je ne me souviens plus de leurs vrais noms...

— Certains adultes, seulement, sont franchement nuls, corrigea Greg. En fait, poulette, je crois que le monde se divise en deux catégories : il y a les gens bien et les affreux. Moi, je sais très bien distinguer les deux : je te jure que je me doutais depuis le début qu'il y avait quelque chose de louche avec ces deux-là... Je n'ai rien dit pour ne pas écraser tout le monde de ma supériorité, mais si tu veux, je t'apprendrai à repérer les méchants...

Grain de sel de Nils : J'aime bien Greg, mais parfois, il en fait vraiment trop. C'était le moment d'essayer de lui clouer le bec. Je tournai et retournai les mots dans ma tête à toute vitesse, à la recherche de quelque chose qui lui en mettrait plein la vue. Tout à coup, j'ai eu une illumination, et je lui ai balancé : « Eh, mec, on ne dit pas : "Moi, c'est moi !", on dit : "Toi, t'es toi !" Tais-toi ! » Il a regardé en l'air en soufflant, genre qu'il trouvait mon calembour absolument nullissime, mais le clin d'œil que m'a lancé Colombe m'a fait sacrément plaisir.

Du même auteur dans la même série

Scoop à Écolo-village
C'est l'effervescence, à Écolo-village ! Une équipe de journalistes débarque pour y tourner un reportage. Nils et Colombe sont ravis de montrer au reste du pays le petit paradis 100 % bio dans lequel ils vivent avec leurs parents. Greg, lui, toujours prêt à rouler des mécaniques, veut défendre en direct à la télé les droits des enfants. Mais le mouvement de protestation du minijusticier va prendre une drôle de tournure…

Du même auteur, chez Oslo Éditions

Série « La vie et Compagnie »
Le grand chambardement
Un grand chambardement, ça ressemble à ça : un père qui part sans revenir, une mère qui rencontre le grand amour, un beau-père tout neuf chez qui toute la famille emménage, un demi-frère prêt à tout pour faire fuir les nouveaux arrivants et par-dessus le marché, une « belle grand-mère » qui débarque et décide de faire sa loi ! Au centre de cette joyeuse smala, les jumeaux Stan et Mathilde découvrent pourtant une nouvelle vie et une famille de cœur qu'ils apprennent à aimer.

Comme un papillon dans la toile
Hourra ! Mathilde a enfin réussi à convaincre sa mère d'installer un ordinateur dans sa chambre ! Mais comment faire ses devoirs quand on ne pense qu'à un univers virtuel proposant des aventures palpitantes ? Et comment réagir quand un professeur fait l'objet d'une page infâmante sur un réseau social ? Mathilde et Stan, son jumeau, confrontés à toutes ces questions, perdront pour un temps leur belle complicité...

Sois cool, Kévin !
Kevin-le-terrible a encore fait des siennes : il est menacé d'exclusion en raison de son comportement agressif en classe. Pendant que son père, jusqu'ici assez compréhensif, durcit le ton, Stan et Mathilde s'interrogent. Pourquoi avons-nous parfois des comportements violents ? Est-ce une fatalité ? Comment réagir face à un « pétage de plombs » ? Toute la famille se retrouve bientôt impliquée dans une nouvelle mission : Calmer Kevin !

Sélection de titres publiés chez Oskar Éditeur
Pour plus d'informations, consultez notre site :
www.oskarediteur.com

Anne-Gaëlle Balpe
Chez moi
Émile et ses parents ont quitté la belle maison de grand-mamie Lucie où il a grandi. Il a beaucoup de

mal à accepter sa nouvelle vie dans une maison neuve et sans souvenirs...

Roselyne Bertin
Mon amie l'hirondelle
Nina change souvent d'école car ses parents sont des gens du voyage. Être nomade, ça veut dire rester quelque temps au même endroit, partir ailleurs et revenir l'année suivante. Comme les hirondelles.

Chantal Cahour
Elliot peut mieux faire
Tous les matins, Elliot part à l'école angoissé. Pour sa rentrée en CM2, son père a décidé de le prendre en main car Elliot peut mieux faire ! Il faut qu'il réussisse ses études pour devenir médecin. Sauf que le garçon n'a aucune envie de devenir médecin... Mais comment le dire à son père sans le décevoir ?

Véronique Delamarre Bellégo
SOS Ange gardien
Kevin traverse une mauvaise passe. Comment les choses pourraient-elles s'arranger ? En appelant très fort son ange gardien pour qu'il vole à son secours ?

La guerre des crottes
Quand d'intrépides enfants décident de se battre contre les centaines de kilos de crottes de chien qui jonchent les trottoirs de la ville, la guerre des crottes est déclarée ! Tous aux abris ! Amis lecteurs, vous n'êtes pas au bout de vos surprises...

Martine Pouchain
Sako
Près d'un pavillon coquet, des caravanes déglinguées où vivent des, sans-papiers. La vieille Mado n'attend plus rien de la vie lorsque Sako pointe sa jeune frimousse à travers la haie de son jardin. Tout les sépare : l'âge, la couleur, la tradition. Tout sauf la solitude...

Jo Witek
Petite peste
Jessie n'a pas la langue dans sa poche et ne peut s'empêcher de dire aux gens leurs quatre vérités. Pourtant, la petite peste de Valras-Plage réussit à se faire des copains pour fonder un « Clan des Cabossés ». L'amitié de Manuel le bègue et d'Arthur le moche sera-t-elle assez forte pour démasquer son douloureux secret ?

Muriel Zürcher
Papa Yaga
Pour Caillou Roglin, pas question de partir vivre en foyer ! Même si ça signifie faire semblant d'être normal... et taire tout de sa vraie vie : sa mère et ses dessins d'amour sur post-it, son pote Karim avec qui il picole des sodas le mercredi, et surtout sa confidente, Yaga, la vieille Indienne, qui a planté son tipi sur le parking

Publié par Oskar éditeur
21, avenue de La Motte–Picquet
75007 Paris - France
Tél. : +33 (0)1 47 05 58 92
Fax : + 33 (0)1 44 18 06 41
E–mail : oskar@oskarediteur.com
Site Internet : www.oskarediteur.com

Auteur : Sylvie de Mathuisieulx
Conception graphique de la couverture et direction artistique : Jean-François Saada
Mise en page : David Lanzmann
Direction éditoriale : Françoise Hessel

© Oskar, 2013
ISBN : 979-10-214-0021-4
Dépôt légal : Mars 2013
Imprimé en Europe
Loi n°49–956 du 16 juillet 1949 sur les publications destinées à la jeunesse

Ce livre vous est offert par votre libraire.
Ne peut être vendu.